Junie B. Jones
Pas folle de l'école

Junie B. Jones
Pas folle de l'école

Barbara Park
Illustrations de Denise Brunkus

Traduction originale de Nathalie Zimmermann

Éditions
SCHOLASTIC

À Cody,
qui, en manquant l'autobus,
a été la source de mon inspiration pour ce livre

Catalogage avant publication de Bibliothèque
et Archives Canada
Park, Barbara
Pas folle de l'école / Barbara Park; illustrations de Denise Brunkus;
traduction originale de Nathalie Zimmermann.
Traduction de : Junie B. Jones and the Stupid Smelly Bus.
Pour les 7-10 ans.
ISBN-13 : 978-0-439-94845-6
ISBN-10 : 0-439-94845-2
I. Brunkus, Denise II. Zimmermann, Nathalie III. Titre.
PZ23.P363Pa 2005   j813'.54   C2005-903068-2

La présente édition a été publiée en 2006 par les Éditions Scholastic,
604, rue King Ouest, Toronto (Ontario) M5V 1E1.
Pour toute information concernant les droits,
s'adresser à Random House, Inc., 201 East 50th Street,
New York, NY 10022, É.-U.

6 5 4 3 2   Imprimé au Canada   07 08 09 10 11

Table des matières

1. B comme Béatrice   1
2. Une grosse boule dans le ventre   9
3. Le stupide d'autobus puant!   14
4. Lucille, moi et les autres   22
5. Le directeur!   31
6. La reine de la cachette!   38
7. Un petit coup d'œil?   46
8. L'infirmerie, c'est dangereux!   52
9. À toute vitesse!   59
10. Moi et Grace...   66

1 / B comme Béatrice

Je m'appelle Junie B. Jones. Le B, c'est la première lettre de Béatrice. Je n'aime pas ce prénom-là, mais le B tout seul, j'adore ça!

J'ai presque six ans.

À presque six ans, on va à la maternelle. La maternelle, c'est un endroit où on se fait des amis et où on ne regarde pas la télévision.

Moi, je vais aller à la maternelle de l'après-midi.

Aujourd'hui, c'est mon premier jour d'école. Bon, pas tout à fait. Parce que j'ai

1

déjà vu ma classe une fois. Ma mère m'a emmenée à l'école la semaine passée pour rencontrer mon enseignante.

C'était la journée « Venez rencontrer les enseignants ». Mon enseignante était en train de décorer le tableau d'affichage avec les lettres de l'alphabet.

J'ai dit :

— Je connais déjà toutes les lettres! Je peux même les chanter si je veux... mais là, je n'ai pas le goût de le faire.

Mon enseignante m'a serré la main. La sienne était vraiment très grande!

Elle s'appelle madame... Ah! Je ne me rappelle plus! En tout cas, Madame m'a dit que j'étais mignonne!

— Je sais! C'est à cause de mes nouveaux souliers!

Et j'ai levé le pied bien haut pour lui montrer.

— Ils sont brillants, hein? Je les ai léchés

un peu avant de les mettre! Et tu sais quoi?
Ça, c'est mon plus beau chapeau! C'est
grand-papa Miller qui me l'a acheté! Vois-tu
les cornes de diable sur les côtés?

Mon enseignante a éclaté de rire, mais je
ne sais pas pourquoi. Les cornes de diable,
normalement, ça fait peur.

Ensuite, on a visité la classe. Elle m'a
montré où se trouvaient les choses : les
tableaux pour peindre, les étagères pour
ranger les livres et les chaises où on s'assoit,
même s'il n'y a pas de télévision à regarder.

Près du bureau de l'enseignante, il y avait
une table avec une chaise rouge. J'ai dit tout
de suite :

— Moi, j'aimerais bien m'asseoir ici!
Madame m'a répondu :

— On verra, ma petite Junie.

— B.! Junie B.!

J'ai crié vraiment très fort le B, pour
qu'elle s'en souvienne bien.

Les grandes personnes oublient toujours mon B!

Maman a levé les yeux au plafond. Alors j'ai fait la même chose, mais il n'y avait rien de spécial à voir.

— Est-ce que tu vas prendre l'autobus, Junie B.? m'a demandé Madame.

J'ai levé les épaules.

— Je ne sais pas. Il va où?

Maman a fait oui de la tête :

— Oui, elle va prendre l'autobus.

Je me suis sentie nerveuse en dedans parce que je n'ai jamais pris l'autobus, moi.

— Oui, mais... euh... il va où, l'autobus?

Madame s'est assise sur son bureau et elle a encore parlé de l'autobus avec maman.

J'ai touché le bras de Madame.

— Hé! Tu ne m'as pas dit où il va, l'autobus?

Madame a souri et elle a dit que le chauffeur de l'autobus s'appelait M. Woo.

— M. Woo? a répété maman. C'est un nom que Junie B. n'aura pas de difficulté à retenir!

2/ Une grosse boule dans le ventre

Pendant toute la semaine, j'ai pensé à l'autobus et ça me faisait peur. Et, hier soir, quand maman est venue m'embrasser dans mon lit, je me sentais encore malade à cause de lui.

— Tu sais quoi, maman? Je pense que, demain, je n'ai pas trop envie de monter dans l'autobus de la maternelle...

Maman m'a ébouriffé les cheveux.

— Mais oui! Tu en as envie!

— Mais non!

Puis elle m'a donné un bisou.

— Ça va être amusant. Tu vas voir.
Ne t'inquiète pas!

Mais je me suis inquiétée, beaucoup
inquiétée. Et j'ai mal dormi.

Ce matin, quand je me suis levée, je me
sentais mal. J'avais comme une grosse boule
dans le ventre; je n'ai même pas pu manger
mes céréales.

J'ai regardé la télévision jusqu'à ce que
maman me dise que c'était l'heure de
m'habiller.

J'ai mis ma jupe qui est comme du velours, et aussi mon nouveau chandail, le rose avec des bouclettes. Après, j'ai mangé une moitié de sandwich au thon pour mon dîner.

Ensuite, maman et moi, on a marché jusqu'au coin de la rue pour attendre l'autobus.

Et vous savez quoi? Il y avait une autre maman et une petite fille qui attendaient l'autobus aussi. Une petite fille avec des

cheveux noirs frisés. C'est le genre de
cheveux que j'aime le plus!

Mais je ne lui ai pas dit bonjour parce
qu'elle n'habite pas dans ma rue.

Et là, le gros autobus jaune est arrivé.
Les freins ont grincé fort et j'ai été obligée de
me boucher les oreilles!

La porte s'est ouverte et le chauffeur a dit :

— Bonjour! Je suis M. Woo. Montez!

Mais, moi, je ne suis pas montée. Mes
jambes ne voulaient pas. Et j'ai dit à maman :

— Je ne veux pas aller dans l'autobus de
la maternelle.

Alors elle m'a donné une petite poussée.

— Vas-y, Junie B. Tu vois bien que M. Woo
t'attend! Montre-nous que tu es une grande
fille! Monte!

J'ai regardé les fenêtres et j'ai vu que la
petite fille aux cheveux noirs était déjà assise
dans l'autobus. Elle avait l'air très grande
comme ça. Et assez contente aussi.

— La petite fille a l'air grande, hein, Junie B.? m'a dit maman. Va t'asseoir à côté d'elle. Je te promets que ça va être très amusant!

Alors, je suis montée dans l'autobus.

Et vous savez quoi?

Ça n'a pas été amusant du tout!

3/ Le stupide d'autobus puant!

L'autobus n'était pas comme l'auto de papa. Il était plus grand en dedans et il n'y avait pas de housses sur les sièges.

La petite fille aux cheveux noirs était assise sur un siège près de l'avant. Je lui ai touché le bras en lui disant :

— Tu sais quoi? Ma mère m'a dit de m'asseoir à côté de toi!

— Non! m'a-t-elle répondu. Cette place-là, c'est pour ma copine, Mary Ruth Marble!

Puis elle a posé son petit sac blanc juste où je voulais m'asseoir. Alors, moi, je lui ai fait une super grimace!

— Dépêche-toi de te trouver une place, jeune demoiselle! s'est écrié M. Woo.

Je me suis assise très vite de l'autre côté de l'allée. Et M. Woo a fermé la porte de son autobus.

Ce n'était pas une porte normale! C'était une qui se pliait en deux, une qui faisait *Pffchiiiiffff* quand elle se refermait!

Je n'aime pas ces portes-là. Si la porte se referme sur toi par accident, elle te coupe en deux et toi, tu fais *Chouicplafffff!*

L'autobus a rugi comme un tigre. Un gros nuage de fumée noire puante est sorti de l'arrière. Les autobus ont mauvaise haleine!

M. Woo a conduit un petit moment, puis les freins ont refait le bruit qui casse les oreilles. Je me suis bouché les oreilles pour ne pas que le bruit entre dans ma tête! Parce que, si tu laisses les gros bruits comme ça entrer dans ta tête, il faut que tu prennes de l'aspirine. Je l'ai vu dans une annonce à la télévision!

La porte de l'autobus s'est ouverte. Un papa et un petit garçon qui avait l'air grognon sont montés. Le papa a fait un sourire et a poussé le grognon juste à côté de moi.

— Voici Jim, m'a-t-il dit. Il n'est pas de très bonne humeur, aujourd'hui!

Le papa lui a donné un bisou et le grognon s'est essuyé la joue.

Jim avait un sac à dos. Un bleu.

J'adore les sacs à dos. J'aimerais bien en avoir un! Un jour, j'en ai trouvé un rouge dans une poubelle, mais il n'était pas trop propre et maman n'a pas voulu que je le garde.

Le sac à dos de Jim a plein de fermetures éclair. Je les ai comptées :

— Une... Deux... Trois... Quatre...

Et puis, j'en ai ouvert une.

— HÉ! TOUCHE PAS! a hurlé Jim.

Et *ziip!* il l'a refermée et il est allé
s'asseoir sur le siège devant moi!

Je le déteste, Jim.

Après ça, l'autobus a continué à s'arrêter
et à repartir. Des enfants montaient et
montaient! Des bruyants comme tout. Et
il y en avait qui avaient l'air méchant!

Il y avait de plus en plus de bruit dans
l'autobus et il faisait de plus en plus chaud.
Le soleil tapait sur moi et sur mon chandail
en laine à bouclettes.

Je ne pouvais même pas baisser la vitre
parce qu'il n'y avait pas de poignée. J'avais
chaud, de plus en plus chaud...

Et ça puait aussi! Ça sentait le sandwich
aux œufs!

J'ai dit très fort :

— Je veux sortir d'ici! J'en ai assez de ce
stupide d'autobus puant!

Personne ne m'a entendue.

J'ai senti du mouillé dans mes yeux. Mais je ne pleurais pas! Parce que je ne suis pas un bébé.

Après, mon nez a commencé à couler, et en plus, il n'y avait pas de boîte à gants comme dans l'auto de papa. Nous, c'est toujours là qu'on range les mouchoirs. Alors, j'ai été obligée de me moucher dans la manche de mon chandail rose à bouclettes.

Le voyage en autobus a duré une heure ou trois... Puis j'ai vu un drapeau et un terrain de jeux. Enfin!

Ça voulait dire qu'on était arrivés à la maternelle.

M. Woo a tourné dans le stationnement et a arrêté l'autobus.

J'ai sauté de ma place. Tout ce que je voulais, c'était sortir vite de ce stupide d'autobus puant!

Vous savez quoi? Jim m'a poussée pour

passer devant moi! Et la fille méchante aux cheveux frisés aussi! Et les autres m'ont serrée fort. Je les ai poussés pour qu'ils reculent. Ils m'ont repoussée encore plus fort!

C'est là que je suis tombée. Et un gros soulier a marché sur ma belle jupe qui est comme du velours.

J'ai crié :

— ARRÊTEZ!

Et M. Woo a crié :

— HÉ! HÉ!

Il m'a relevée et il m'a descendue de son autobus.

Madame m'attendait, comme maman avait promis, et elle m'a dit :

— Bonjour! Je suis bien contente de vous voir!

Pourquoi elle me disait « vous »?

J'ai couru vers elle et je lui ai montré la grosse trace de soulier sur ma jupe qui était comme du velours.

— Regarde! Quelqu'un a marché sur moi!
Ma jupe est toute sale!

Madame a frotté ma jupe avec sa main
en me disant :

— Ne t'en fais pas, Junie! Ça va partir...

Alors, moi, j'ai croisé les bras et j'ai
froncé les sourcils.

Parce que vous savez quoi? Elle avait
encore oublié mon B!

4/ Lucille, moi et les autres

Certains enfants de l'autobus étaient dans la même classe que moi.

Jim, par exemple.

Le Jim que je déteste.

Madame nous a fait mettre en rang et on l'a suivie vers notre classe. Elle s'appelle « la classe numéro neuf ».

Beaucoup d'enfants attendaient déjà devant la porte. Quand Madame l'a ouverte, tout le monde s'est précipité à l'intérieur.

Jim a marché sur mon soulier neuf. Ça a fait une marque sur le brillant! Et pas le genre de marque qu'on peut enlever en la léchant!

J'ai crié :

— FAIS DONC ATTENTION! ESPÈCE DE NONO!

Madame s'est penchée et m'a dit :

— À l'école, on essaie de parler avec sa voix la plus douce.

Moi, j'ai fait oui avec la tête et j'ai répondu de ma voix la plus douce :

— Je le déteste, Jim.

Puis Madame a tapé très fort dans ses mains.

— Je veux que tout le monde trouve une place et s'assoie aussi vite que possible! nous a-t-elle dit.

Alors, j'ai couru vers la petite chaise rouge, mais... vous savez quoi? Il y avait déjà quelqu'un dessus! Une fille avec du vernis rouge sur les ongles.

Je lui ai touché l'épaule et je lui ai dit :

— J'aimerais ça m'asseoir ici, je pense.

— Non! C'est moi qui m'assois ici!

— Oui mais, moi, j'avais choisi cette chaise-là à l'avance. Demande à ma mère si tu ne me crois pas!

Elle a juste fait non avec la tête.

— S'il vous plaît! Trouvez une place! a répété Madame.

Elle a encore frappé dans ses mains. J'ai été obligée de m'asseoir très vite sur une chaise jaune stupide.

De la même couleur stupide que le stupide d'autobus!

Après ça, Madame est allée au fond de la classe ouvrir une grande armoire. Ça s'appelle l'armoire à fournitures. Elle en a sorti des ronds blancs et des crayons de couleur tout neufs et très pointus. Elle nous a distribué tout ça. Ensuite, elle nous a demandé d'écrire notre prénom sur le rond et de l'accrocher sur nous.

C'était notre premier travail!

— Si vous avez besoin de mon aide pour écrire votre prénom, levez la main! a dit Madame.

J'ai levé la main, mais juste pour lui expliquer quelque chose :

— Moi, je n'ai pas besoin d'aide! Mamie Miller dit que j'écris super bien!

J'ai choisi un crayon rouge. Mais j'ai eu comme un problème. J'ai fait mon Junie trop grand et je n'avais plus de place pour mon B. J'ai été obligée de le faire tout petit, en bas. J'ai crié :

— STUPIDE DE ROND!

— Chuuuuuuuut! a fait Madame.

Et elle m'a donné un autre rond. Je lui ai dit merci poliment et, aussi, je lui ai redit que mamie Miller trouvait que j'écrivais super bien.

La fille avec les petits ongles rouges avait déjà fini. Elle m'a montré son rond.

— L-U-C-I-L-L-E, m'a-t-elle expliqué, ça fait Lucille!

Je lui ai répondu :

— J'aime bien ce prénom-là. Parce que tu sais quoi? Ça me fait penser à LUCIOLE!

Ensuite, Madame nous a distribué du papier à dessin. On a dessiné notre famille.

Madame a mis un collant-sourire sur mon dessin.

Il était vraiment beau. Sauf papa qui était trop petit. Et aussi les cheveux de maman qui ressemblaient un peu à des bâtons.

Après, Madame nous a emmenés visiter l'école. On devait se trouver un copain pour marcher à côté en se donnant la main.

Mon copain, c'était une copine; c'était Lucille.

Devant nous, il y avait le garçon que je

pourrais battre. Son copain pour marcher à côté, c'était Jim.

Le Jim que je déteste.

Le premier endroit qu'on a vu, c'était le « centre des ressources ». Ma mère appelle ça une bibliothèque. C'est là qu'on trouve les livres. Et vous savez quoi? Les livres, c'est ce que j'aime le plus au monde! Alors en entrant, j'ai crié :

— HÉ! IL Y A PLEIN DE LIVRES! JE PENSE QUE J'AIME ÇA, ICI!

La femme de la bibliothèque s'est penchée pour me demander de parler moins fort.

— OUI, MAIS TU SAIS QUOI? MOI, J'AIME LES LIVRES AVEC DES IMAGES DEDANS! MAMAN DIT QUE JE VAIS AIMER LES LIVRES AVEC PLEIN DE MOTS DEDANS QUAND JE SERAI GRANDE! ET LES TOMATES CUITES AUSSI.

Le garçon que je pourrais battre a fait :

— Chut!

Je lui ai montré mon poing.

Il a regardé ailleurs.

Ensuite, on est allés à la cafétéria. La cafétéria, c'est là que les enfants mangent leur dîner. Mais pas les enfants de la maternelle.

— Miam! ai-je dit. Ça sent bon, ici! Ça sent le *pasketti* aux boulettes de viande!

Jim s'est retourné; il se bouchait le nez.

— Ouache! a-t-il fait. Toi, tu sens la vache!

Lucille a ri très fort.

Alors moi, j'ai arrêté de lui donner la main.

Après, on a visité l'infirmerie.

C'est très joli. Il y a deux petits lits où on peut se coucher. Et aussi des couvertures à rayures.

L'infirmière ne ressemble pas à une infirmière. Elle ne porte pas de vêtements blancs ni de souliers blancs.

Notre infirmière à nous, elle a des couleurs normales.

Lucille a levé la main.

— Mon frère est venu ici l'année passée. Il a dit que tu lui as fait enlever ses souliers et qu'après, il a bu un verre d'eau en chaussettes!

Jim s'est encore retourné. Et il a dit à Lucille :

— Beuuurk! Tu pues des pieds!

Lucille lui a fait une grimace.

Alors, on s'est redonné la main.

5/ Le directeur!

Après l'infirmerie, on est allés voir le
bureau du directeur. Le directeur est le chef
de toute l'école! Et son bureau, c'est là qu'il
habite.

Le directeur est chauve.

Il nous a dit plein de choses.

Lucille a levé la main.

— Mon frère m'a dit qu'il a dû venir dans
votre bureau, l'année passée. Et que vous
lui avez crié après! Et qu'à cause de ça,
maintenant, il n'a plus le droit de frapper
les autres à la récré!

Le directeur a ri un peu et il a ouvert sa porte pour qu'on sorte.

Après le directeur, on a vu la fontaine. Madame nous a laissés boire. Mais moi, je n'ai pas pu boire comme je voulais parce que les autres me bousculaient. Ils me criaient :

— Hé, dépêche-toi, la fille!

— Hé! La fille, ce n'est pas mon nom!

— Elle s'appelle Junie-Bécassine! a dit Lucille en riant.

Mais moi, je n'ai pas trouvé ça drôle.

Ensuite, Madame nous a montré où étaient les toilettes. Il y a deux sortes de toilettes dans mon école : des toilettes de garçons et des toilettes de filles. Moi, je ne peux pas aller dans des toilettes de garçons parce que c'est interdit aux filles, c'est tout!

J'ai quand même essayé de passer ma tête par la porte de leurs toilettes. Mais Madame a claqué les doigts vers moi.

Le seul garçon qui a pu aller aux toilettes,

c'était le garçon que je pourrais battre. Il se tortillait dans tous les sens.

Ensuite, il a commencé à courir partout en tenant le devant de son pantalon.

— William? lui a demandé Madame. As-tu besoin d'aller aux toilettes?

Il a hurlé :

— OUI!

Et il s'est précipité dans les toilettes des garçons.

Nous, pendant ce temps-là, on est retournés à notre classe numéro neuf.

Lucille m'a montré ses ongles peints avec du vernis. Je les ai touchés.

— Mon vernis s'appelle Cœur Framboise! m'a-t-elle expliqué.

— Moi, j'aimerais bien avoir aussi les ongles rouges, mais je n'ai pas le droit. J'ai juste le droit de mettre du vernis transparent. Il s'appelle Nacre! Nacre, c'est un peu la couleur de la bave...

— Je déteste Nacre! s'est écriée Lucille.

— Moi aussi! Et je déteste aussi le jaune; c'est la couleur du stupide d'autobus puant!

Lucille était d'accord.

— Mon frère dit que, quand tu retournes à la maison dans l'autobus, il y a des enfants qui te versent du lait au chocolat sur la tête!

Oh, non! D'un coup, mon mal de ventre est revenu. Parce qu'il fallait que je reprenne l'autobus, moi, c'était pour ça!

— Pourquoi tu m'as raconté ça, Lucille?

Je lui ai demandé ça avec ma voix pas très contente.

Quand on est revenus dans ma classe numéro neuf, on a encore fait du travail. C'était un jeu pour nous aider à apprendre le nom des autres.

J'ai appris Lucille. J'ai appris Charlotte et aussi Grace. Et j'ai même appris le nom d'un garçon qui s'appelle Ham! C'est un nom pas mal étrange, ça.

Et puis, soudain, Madame a tapé très fort dans ses mains.

— Bien! Les enfants, rangez vos affaires! C'est bientôt l'heure de la sonnerie...

Là, j'ai entendu un gros bruit dans le stationnement. C'étaient les freins grinçants. J'ai regardé par la fenêtre et je l'ai vu... l'autobus scolaire!

Il venait me chercher! J'ai crié :

— Oh, non! Maintenant je vais recevoir du lait au chocolat sur la tête!

J'ai commencé à me ronger les ongles.

— En rang! En rang! a dit Madame. Et quand nous serons dehors, je veux que tous les enfants qui prennent l'autobus viennent avec moi! Les autres doivent aller voir le brigadier, qui va leur faire traverser la rue.

Tout le monde s'est mis en rang. Moi, j'étais la dernière.

Madame est sortie aussitôt que la sonnerie s'est fait entendre. Toute la classe l'a suivie.

Sauf... devinez qui?

Moi!

6/ La reine de la cachette!

Quand tu es au bout du rang, personne ne te regarde. C'est pour ça que personne ne m'a vue quand je me suis cachée derrière le bureau de mon enseignante.

Je suis la reine de la cachette!

Un jour, chez mamie Miller, je me suis cachée sous l'évier. Puis j'ai poussé un grognement et je l'ai surprise en sortant tout à coup de ma cachette!

Je n'ai plus le droit de faire ça maintenant.

Bon! Je suis restée longtemps accroupie derrière le bureau de mon enseignante. Et

puis, j'ai pensé à une meilleure cachette!
La grande armoire au fond de la classe qui
s'appelle l'armoire à fournitures!

J'ai couru là à toute vitesse. Et je me suis
glissée sur l'étagère du bas.

J'étais sur la pile des feuilles de bricolage.

C'était bien. Sauf que ma tête n'avait pas
beaucoup de place. Et mes genoux étaient
tout repliés, comme quand je fais une
culbute.

J'ai tiré la porte pour la fermer. Presque.
J'ai dit tout haut :

— Il ne faut pas que tu te fermes
complètement.

Je suis restée sans bouger pendant
beaucoup de minutes. Et puis, j'ai entendu
des bruits dans le couloir. Des pieds sont
entrés en courant dans ma classe. Je pense
que c'étaient des pieds de grands.

— Qu'est-ce qui se passe? a demandé une
voix.

— J'ai perdu une de mes petites! a dit une
autre voix qui ressemblait à celle de Madame.
Junie B. Jones! Elle n'est pas montée dans
l'autobus! Il faut absolument qu'on la
retrouve!

Ensuite, j'ai entendu des clés, puis des
pieds qui sortaient en courant. La porte s'est
fermée.

Je suis quand même restée dans l'armoire.
Quand on est la reine de la cachette, on peut

rester très, très longtemps sans bouger!

Je suis restée toute pliée et je me suis raconté une histoire. Pas une histoire à voix haute, une histoire dans ma tête. Elle s'appelait *Le Petit Cacheron rose*.

Je l'ai inventée moi-même. Voilà ce qu'elle racontait :

Il était une fois un Petit Cacheron rose. Elle avait une cachette secrète à elle où personne ne pouvait la trouver. Mais elle avait la tête toute serrée. Et son cerveau commençait à sortir par ses oreilles.

Mais elle ne pouvait quand même pas sortir, sinon, elle allait se faire dévorer par l'énorme monstre jaune qui pue. Et aussi attaquer par des méchants avec du lait au chocolat!

La fin!

Ensuite, je me suis reposé un peu les yeux.

Se reposer les yeux, ça veut dire qu'on les ferme, comme mon papi quand il regarde la télévision après le souper. Après, il se met à ronfler. Mamie Miller lui dit toujours :

— Va donc te coucher, Frank!

Moi, ce n'était pas tout à fait un petit dodo. Parce que les petits dodos, c'est pour les bébés!

De toute façon, moi, je ne ronflais pas. J'ai juste bavé un petit peu.

Et puis quand mes yeux n'ont plus voulu se reposer, ils se sont réveillés.

Je suis sortie de l'armoire et j'ai couru à la fenêtre. Et vous savez quoi? Il n'y avait plus d'autos dans le stationnement! Et pas de stupide d'autobus puant, non plus!

J'ai dit tout haut :

— Ouf! Quel soulagement!

Un soulagement, c'est quand on n'a plus mal au ventre.

Ensuite, je suis retournée à l'armoire. Parce que, pendant que j'étais cachée, j'avais senti une odeur de pâte à modeler. Et la pâte à modeler, c'est ce que j'aime le plus au monde!

— Eh! Je la vois!

La pâte à modeler était sur l'étagère du milieu. Je suis montée sur une chaise pour l'attraper.

C'était de la bleue. Toute dure. J'ai dû la rouler mille fois par terre pour qu'elle redevienne molle et chaude. J'ai fait une orange bleue avec. C'était très joli. Sauf qu'il y avait de la poussière et des cheveux collés dessus.

Après avoir fini, je suis allée m'asseoir sur la grosse chaise de mon enseignante. J'aime beaucoup les bureaux des enseignantes. Les tiroirs sont tellement creux que je pense bien que je pourrais me cacher dedans.

J'ai ouvert le tiroir du haut. Il y avait des collants-sourires, des élastiques. Et aussi des étoiles dorées que j'adore beaucoup!

J'en ai collé une sur mon front.

Et puis, j'ai trouvé des trombones... et des marqueurs rouges... et des crayons neufs même pas taillés... et des ciseaux... et une pochette de mouchoirs... et devinez quoi?

— Des craies! Des craies toutes neuves dans leur boîte!

Alors, je me suis mise debout sur la chaise de l'enseignante et j'ai tapé fort dans mes mains.

— Je veux que tout le monde trouve une place! Je veux que tout le monde s'assoie aussi vite que possible! Aujourd'hui, nous allons apprendre des lettres de l'alphabet et faire un peu de lecture. Et je vais aussi vous apprendre à faire une orange bleue. Mais avant, il faut que tout le monde me regarde dessiner!

Je me suis approchée du tableau et j'ai dessiné avec ma craie toute neuve. J'ai dessiné un haricot, une carotte et des cheveux frisés.

Et puis j'ai écrit des O.

Le O est la lettre que j'aime le plus au monde.

Après ça, j'ai salué et j'ai dit :

— Merci beaucoup! Merci! Maintenant, vous pouvez tous aller en récréation.

J'ai souri.

— Tout le monde, sauf Jim!

7/ Un petit coup d'œil?

Au bout d'un moment, j'ai commencé à
avoir un peu soif. C'est ce qui arrive quand
on a de la poussière de craie dans la gorge.
J'ai dit :

— Je pense que j'aimerais boire de l'eau...

Et j'ai mis mes mains sur mes hanches
pour me répondre :

— Oui, mais qu'est-ce qui va se passer
si quelqu'un te voit à la fontaine? Ils vont
rappeler le stupide d'autobus puant pour
qu'il vienne te chercher. Alors tu ferais mieux
de ne pas y aller!

J'ai tapé du pied.

— Il faut que j'y aille! J'ai de la craie dans la gorge!

Là, j'ai eu une super idée! J'ai tiré ma chaise jusqu'à la porte et j'ai jeté un coup d'œil par la vitre au-dessus.

Je suis la reine aussi pour les coups d'œil.

Une fois, j'ai jeté un coup d'œil dans la bouche de papi Miller pendant qu'il dormait. Et j'ai même vu le truc qui gigote au fond. Mais je ne l'ai pas touché; je n'avais pas de petit bâton ni rien, c'est pour ça.

Je n'ai vu personne dans le couloir. Alors j'ai ouvert la porte, rien qu'un peu. Et j'ai reniflé. Parce que, quand on renifle bien, on sait s'il y a quelqu'un dans les environs!

C'est mon chien Tickle qui m'a appris à renifler. Les chiens, ça peut tout sentir. Alors que les gens peuvent sentir seulement les grosses odeurs, comme les choses qui sentent mauvais, les fleurs ou ce qu'on va manger.

J'ai dit :

— Non. Je ne sens personne.

Alors, j'ai couru jusqu'à la fontaine et j'ai bu longtemps. Il n'y avait personne pour me bousculer et me crier : « Dépêche-toi, la fille! »

Après, je me suis mise sur la pointe des pieds. Et j'ai marché comme ça jusqu'à la bibliothèque. Parce que, moi, j'adore cet endroit! Je l'ai déjà dit. Vous vous en souvenez?

La bibliothèque, on dirait que c'est une forteresse. Les étagères, ça serait les murs. Et les livres, ça serait les briques. Et si tu veux, tu peux enlever des livres pour faire un trou pour espionner.

Comme ça, quand tu vois quelqu'un arriver, tu peux retenir ta respiration et personne ne peut te trouver!

J'ai espionné très longtemps. Mais personne n'est venu. Dans la bibliothèque, il n'y avait que moi et des poissons.

Les poissons nageaient dans un gros
aquarium de verre. Je leur ai fait bonjour.
Et aussi j'ai remué l'eau avec un crayon
pour les faire bouger.

J'aime beaucoup les poissons. Je les
mange avec de la salade de chou.

Et puis là, j'ai vu ma chose la plus
préférée au monde : c'était un taille-crayon
électrique! Juste là, sur le bureau. J'ai crié :

— Oh! Je pense que je sais comment ça
marche!

J'ai fouillé les tiroirs du bureau... et vous
savez quoi? Il y avait plein de crayons super
neufs!

Alors, je les ai taillés!

C'était super amusant! Parce que les
taille-crayons électriques, ça fait un très joli
bruit. Et aussi parce que ça rend les crayons
minuscules! On les pousse dans le petit
trou et *vvvvvrrrrr...* Plus on pousse, plus
ils deviennent petits!

Mais ça ne marche pas avec les crayons
de cire. Je le sais, j'ai essayé avec un rouge.
Le taille-crayon est allé de plus en plus
lentement. Et puis, il a fait un petit *rrrr*.
Et puis après, il n'a plus rien fait du tout.

C'est à ce moment-là que j'ai entendu
un bruit. C'étaient des pieds qui marchaient.
Ça m'a fait peur. Parce que je ne voulais pas
qu'on me trouve, c'est pour ça!

Je me suis accroupie et j'ai jeté un coup
d'œil par mon trou dans les livres.

J'ai vu un monsieur avec une poubelle!
Il chantait : «Hé ho! Hé ho! On rentre du
boulot! » Je la connais, cette chanson-là. Les
sept nains la chantent dans Blanche Neige,
mon film préféré.

Le monsieur de la poubelle ne m'a pas
vue. Il a marché jusqu'au bout du couloir.
Ensuite, il est sorti. Je suis restée accroupie
très longtemps, mais il n'est pas revenu.

— Ouf! J'ai eu chaud!

Et je suis partie en courant pour trouver
une meilleure cachette!

8/ L'infirmerie, c'est dangereux!

Devinez où je suis allée? Directement à l'infirmerie! Pour me cacher sous les petites couvertures à rayures!

Il y a plein de trucs chouettes là-dedans, aussi. Comme la balance pour se peser ou la pancarte avec le gros E et toutes les autres lettres.

L'infirmière se sert de la pancarte pour tester nos yeux. Elle montre une lettre et il faut crier ce que c'est.

C'est pour le E qu'il faut crier le plus fort parce que c'est le plus gros.

Devinez ce que j'ai vu encore à l'infirmerie?
Des pansements comme j'adore!

Ils étaient dans une boîte sur le bureau.
Alors j'ai ouvert le couvercle et j'ai reniflé.

— Mmmm...

Les pansements, ça sent comme les
ballons de plage neufs.

J'ai vidé la boîte sur le bureau. Ils étaient
super beaux! Il y en avait des bleus, des
rouges, des verts! Et aussi des jaunes, la
couleur que je déteste.

Il y en avait des carrés, des ronds, et de
toutes les longueurs. J'ai mis un rond vert
sur mon genou. C'est là que je me suis
coupée quand je suis tombée sur le trottoir,
la semaine passée. C'est presque guéri
maintenant. Mais quand j'appuie très fort
dessus avec mon pouce, ça fait encore un
petit peu mal.

Après ça, j'ai mis un long pansement
bleu sur mon doigt. À cause de l'écharde de

la table de pique-nique. Maman l'a enlevée avec sa pince à épiler, mais je pense qu'il me reste encore un peu de table dans le doigt.

Ensuite, j'ai mis un carré rouge sur mon bras que Tickle a griffé. Parce que je l'avais énervé.

Et puis, j'ai vu le beau gilet violet de l'infirmière. Il était accroché au dossier de sa chaise.

J'ai décidé de le porter.

— Maintenant, c'est moi, l'infirmière!

Je me suis assise et j'ai fait semblant d'appeler l'hôpital.

— Allô... l'hôpital? Oui, c'est moi! L'infirmière! Euh... J'ai besoin de beaucoup de pansements... Euh... de l'aspirine et des pastilles aux cerises pour la gorge! Mais pas celles qui gèlent la bouche, hein? Il me faudrait aussi des sucettes pour les enfants qui vont avoir des piqûres... Et puis j'ai besoin d'un petit bâton, au cas où il faudrait

que je touche la chose qui gigote au fond
de la gorge de quelqu'un!

Après, j'ai fait semblant d'appeler la
classe numéro neuf.

— Allôôô... Madame? Vous pouvez
m'envoyer Jim, là? Il faut que je lui fasse
une piqûre!

Et là, j'ai vu une des choses que je préfère
le plus au monde. Elles étaient à côté de la
porte; ça s'appelle des béquilles.

Les béquilles, c'est pour quand tu te
casses une jambe. Le docteur te met un
gros plâtre blanc avec juste les orteils qui
dépassent. Mais comme tu ne peux pas
marcher, le docteur te donne des béquilles
pour te balancer.

J'ai couru les prendre. Et je les ai mises
sous mes bras. Mais elles étaient beaucoup
trop grandes pour que je me balance bien.

Alors j'ai eu une autre idée! Je les ai
portées jusqu'à la chaise de l'infirmière et

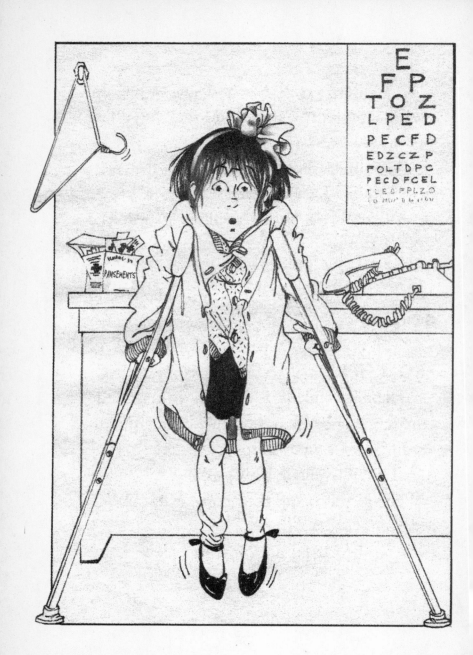

je suis montée dessus. J'étais très grande comme ça. J'ai mis les béquilles sous mes bras. Elles m'allaient très bien.

Ensuite, je me suis approchée du bord de la chaise et je me suis baissée très lentement.

Sauf qu'il s'est passé quelque chose d'horrible! C'était une chaise à roulettes! Elle a reculé et, moi, je suis restée accrochée aux béquilles! Les pieds dans le vide!

— HÉ! JE VEUX DESCENDRE!

J'ai commencé à me tortiller. Une des béquilles a glissé. Et moi, je suis tombée par terre! Et je me suis cogné la tête contre le bureau!

— OUILLE! OUILLE! OUILLE!

Alors, j'ai repris le téléphone et j'ai dit :

— Je ne veux plus faire ce travail stupide! Je démissionne.

Et je suis sortie de là très vite.

Parce que l'infirmerie est un endroit trop dangereux.

Et que les béquilles ne sont plus l'une de
mes choses préférées!

9/ À toute vitesse!

J'aime bien courir à l'intérieur de l'école.
C'est plus drôle que de courir à l'intérieur
de la maison. À l'école, tu peux foncer, les
bras ouverts pour faire l'avion. Tu ne te
cognes pas contre les meubles! Et tu ne
casses pas la statue d'oiseau de ta maman!
C'était un geai bleu, je pense.

J'ai fait l'avion jusqu'à la cafétéria. Parce
que là, il y a beaucoup de tables et que je
peux me cacher dessous. Mais quand j'ai
voulu ouvrir la porte, elle était fermée à clé!

Alors, j'ai couru jusqu'à une autre salle,

de l'autre côté du couloir. Mais cette porte-là aussi était fermée!

— Eh? Qui a tout fermé comme ça?

Et puis, j'ai commencé à me tortiller un peu parce que j'avais un petit problème. Le genre de petit problème qu'on appelle *personnel*.

Un petit problème qui a à voir avec les toilettes...

Alors, il a fallu que je coure jusqu'au bout du couloir! Aux toilettes des filles!

Mais devinez quoi? Quand je suis arrivée là, cette porte-là aussi était fermée à clé!

Alors, j'ai donné des coups de pied dedans. Et je me suis accrochée à la poignée! Parce que, moi, je pèse dix-huit kilos!

— OUVREZ! ET JE NE FAIS PAS DE BLAGUES!

Mais la porte ne voulait pas s'ouvrir.

— C'EST URGENT!

Et puis, je me suis souvenue du garçon

que je pourrais battre. Lui aussi, il avait
eu un besoin urgent. Et il avait été dans les
toilettes des garçons.

Alors je me suis précipitée de l'autre
côté du couloir. Et j'ai tiré sur la porte des
toilettes des garçons. Fermée aussi!

— STUPIDES DE PORTES!

Après ça, j'ai commencé à sautiller.

— OH NON! JE VAIS AVOIR UN
ACCIDENT SUR MA JUPE QUI EST
COMME DU VELOURS!

Et, tout à coup, je me suis rappelé
quelque chose à propos des choses urgentes!
Ma mère m'avait dit quoi faire en cas
d'urgence.

Il faut appeler le 9-1-1!

Alors, je suis retournée à l'infirmerie,
même si elle est dangereuse. Parce qu'il y a
un téléphone là, bien sûr! J'ai décroché, j'ai
appuyé sur le 9, puis sur le 1, puis encore
sur le 1.

— AU SECOURS! C'EST POUR UN BESOIN URGENT! TOUTES LES PORTES SONT FERMÉES À CLÉ, ICI! JE VAIS AVOIR UN ACCIDENT HORRIBLE!

La voix au téléphone m'a dit de me calmer.

— MAIS JE NE PEUX PAS! PARCE QUE J'AI UN PROBLÈME TRÈS GROS : JE SUIS TOUTE SEULE! ET J'AI BESOIN D'AIDE!

Alors, la femme m'a encore dit de me calmer. Mais moi, je ne pouvais pas arrêter de bouger. Alors, j'ai raccroché et je suis sortie de l'infirmerie en courant.

Et j'ai couru, couru jusqu'aux grandes portes au bout du couloir.

Et puis, je suis sortie en courant. Parce qu'il y avait peut-être des toilettes de l'autre côté. Mais je n'en ai pas vu.

Tout ce qu'il y avait, c'étaient des sirènes. Des sirènes qui hurlaient partout!

Et elles s'approchaient!

Et puis là, un camion de pompiers rouge est arrivé à toute vitesse! Et une auto de police bleue! Et une ambulance blanche!

Et vous savez quoi? Ils sont entrés à toute vitesse dans le stationnement de l'école!

Moi, j'ai arrêté de gigoter une seconde pour renifler. Mais je n'ai pas senti de fumée.

J'ai entendu une grosse voix pas contente du tout. Elle a crié :

— HÉ! RESTE LÀ, MADEMOISELLE!

Ça m'a fait très peur en dedans. Parce que « mademoiselle », c'est comme ça qu'on m'appelle quand on me gronde.

Je me suis retournée et j'ai vu le monsieur de la poubelle! Et il courait pour m'attraper!

— NE BOUGE PAS DE LÀ! a-t-il encore crié.

Et là, je me suis mise à pleurer.

— Oui, mais... c'est ça, le problème! Je ne peux plus attendre, moi! J'ai attendu le plus que j'ai pu! Toutes les toilettes sont fermées à clé... Et là, c'est sûr de sûr que je vais avoir un accident!

Alors le monsieur de la poubelle a perdu son air fâché.

— Ah bon? Pourquoi tu ne l'as pas dit plus tôt?

Il a sorti un gros tas de clés de sa poche

et il m'a prise par la main.

Et puis, lui et moi, on a foncé dans l'école.

À toute vitesse!

10/ Moi et Grace...

Le monsieur de la poubelle a ouvert la porte des toilettes des filles. Et je me suis précipitée dedans!

Et vous savez quoi? J'y suis arrivée! Je n'ai même pas eu d'accident sur ma jupe qui est comme du velours!

— Ouf! J'ai eu chaud!

Ensuite, je me suis lavé les mains dans le lavabo. Et je me suis regardée dans le miroir, juste au-dessus. La petite étoile dorée était toujours collée sur mon front.

C'était très, très joli!

Après, je suis retournée dans le couloir et le monsieur de la poubelle s'est penché vers moi.

— Tout va bien, maintenant? m'a-t-il demandé.

Moi, j'ai fait oui avec la tête.

— Je n'ai pas eu d'accident!

Et puis, tout d'un coup, il y avait plein de monde qui courait vers nous. C'étaient des pompiers. Et des policiers. Et une grande femme qui poussait un lit avec des roues.

J'ai demandé au monsieur de la poubelle :

— Hé! Qu'est-ce qui se passe? Est-ce que quelqu'un s'est fait écraser dans l'école?

Et puis, j'ai vu Madame, et le directeur, et aussi maman. Eux aussi, ils couraient!

Maman s'est baissée et elle m'a serrée très fort dans ses bras.

Et tout le monde s'est mis à parler en même temps. Mais personne ne prenait de voix douce.

Le directeur m'a posé plein de questions. Il voulait savoir où j'étais pendant tout ce temps-là. J'ai répondu :

— Je suis la reine de la cachette!

Le directeur a pris un air pas content. Il a dit que je n'avais plus le droit de faire ça.

— Quand tu vas à l'école, tu dois toujours respecter les règles! a-t-il dit. Qu'est-ce qui se passerait si tous les petits garçons et toutes les petites filles se cachaient dans l'armoire à fournitures après l'école?

— On serait super serrés!

Il a fait les gros yeux.

— Mais on ne saurait pas où sont les enfants, n'est-ce pas?

— Bien oui, voyons! On serait tous dans l'armoire!

Le directeur a regardé le plafond. J'ai levé les yeux aussi, mais je n'ai rien vu, comme d'habitude.

Après ça, maman a regardé mon beau

pansement. Elle a demandé :

— Tu t'es fait mal?

Alors, je lui ai parlé de l'infirmerie qui est dangereuse. Puis je lui ai montré le gilet de l'infirmière. Et elle m'a obligée à le rendre!

Ensuite, tout le monde a commencé à partir. Les pompiers et les policiers, et aussi la grande femme qui poussait le lit avec des roues.

À la fin, maman m'a ramenée à la maison. Et vous savez quoi? Je n'ai pas été obligée d'aller dans le stupide d'autobus puant!

Sauf que l'auto, ce n'était pas très amusant non plus. Parce que maman était fâchée contre moi, c'est pour ça.

— Je suis désolée que tu n'aies pas trouvé l'autobus amusant, Junie B., m'a-t-elle dit. Mais ce que tu as fait est très, très mal! Tu as vu ce que tu as déclenché? Tous ces gens ont eu très peur à cause de toi!

— Oui, mais moi, je ne voulais pas avoir

de lait au chocolat sur la tête!

— Ça n'arrivera pas! a grondé maman. Et tu ne peux pas décider toute seule de ne pas prendre l'autobus! Des centaines d'enfants le prennent tous les jours. S'ils peuvent le faire, toi aussi, tu le peux!

Mes yeux sont redevenus mouillés. J'ai reniflé.

— Oui, mais il y a des méchants dedans!

Alors maman a arrêté d'être fâchée et elle m'a demandé :

— Et si tu avais une copine pour prendre l'autobus avec toi? Ton enseignante m'a dit qu'une petite fille de ta classe doit le prendre pour la première fois demain. Vous pourriez peut-être vous asseoir ensemble? Est-ce que tu aimerais ça?

J'ai levé les épaules.

— Elle s'appelle Grace, a dit maman.

— Grace? Mais je la connais! J'ai appris son nom aujourd'hui!

Alors, quand on est rentrées, maman a téléphoné à la mère de Grace. Et puis, elles ont parlé et parlé. Et puis, moi et Grace, on a parlé aussi. J'ai dit : « Salut! » et elle a dit : « Salut! » Et elle a dit qu'elle voulait bien s'asseoir à côté de moi.

Alors, demain, je vais prendre mon petit sac rouge pour aller dans l'autobus. Et je vais le poser sur le siège d'à côté! Comme ça, personne ne pourra s'asseoir là.

Personne, sauf Grace, bien sûr!

Et peut-être qu'on va devenir copines. Et on pourra se tenir la main. Comme moi et Lucille.

Ça, ça va me plaire, je pense.

Et puis, vous savez quoi?

Je pense que, demain, je vais aimer le jaune un tout petit peu.